Danke,

LIEBE MUTTER

Mit Fotografien
von Toni Schneiders

PATTLOCH

FRIEDRICH WILHELM KAULISCH

Wenn du noch eine Mutter hast,
so danke Gott und sei zufrieden;
nicht allen auf dem Erdenrund
ist dieses hohe Glück beschieden.

Paula Modersohn-Becker

Wenn meine Gedanken bei dir sind,
dann ist es, als ob mein kleiner,
unruhiger Mensch sich an etwas Festem,
Unerschütterlichem festhält.
Das Schönste aber ist es,
daß dieses Feste, Unerschütterliche
so ein großes Herz hat.
Laß Dir danken, liebe Mutter,
daß Du Dich uns so erhalten hast.
Laß Dich ganz ruhig und lange umarmen.

Johann Wolfgang von Goethe

Vom Vater hab ich die Statur,
des Lebens ernstes Führen,
vom Mütterchen die Frohnatur
und Lust zu fabulieren.

RAINER MARIA RILKE

Das Dunkeln war wie Reichtum in dem Raume,
Darin der Knabe, sehr verheimlicht, saß.
Und als die Mutter eintrat wie im Traume,
Erzitterte im stillen Schrank ein Glas.

Sie fühlte, wie das Zimmer sie verriet,
Und küßte ihren Knaben: bist du hier?
Dann schauten beide bang nach dem Klavier,
Denn manchen Abend hatte sie ein Lied,
Darin das Kind sich seltsam tief verfing.

Er saß sehr still. Sein großes Schauen hing
An ihrer Hand, die, ganz gebeugt vom Ringe,
Als ob sie schwer in Schneewehn ginge,
Über die weißen Tasten ging.

Wolfgang Amadeus Mozart

Madame Mutter!
Ich esse gerne Butter,
Wir sind Gott lob und Dank
Gesund und gar nicht krank.
Wir fahren durch die Welt,
Haben aber nit viel Geld;
Doch sind wir aufgeräumt
Und keines von uns verschleimt.

Leo Nikolajewitsch Tolstoi

Wenn meine Mutter lächelte,
wurde ihr schönes Gesicht noch
unvergleichlich viel schöner,
und alles ringsum schien heiter und froh.
Wenn ich in schweren Stunden
meines Lebens nur für einen Augenblick
dieses Lächeln sehen könnte,
dann wüßte ich nicht, was Kummer ist.

Friedrich Nietzsche

Da ich mir selber vorgenommen habe, leidlich alt zu werden, so wollen wir uns nur daran gewöhnen, uns ungefähr als gleichaltrig anzusehen; und wer weiß, ob du nicht in zehn Jahren jünger aussiehst als ich! Ich glaube es beinah, und ich will mich nicht wundern. Irgendwann wird mich jeder, der es nicht besser weiß, für den älteren Bruder halten. Das wird eine schöne verkehrte Welt abgeben! Und woher kommt's? Daher, daß die Frau Mutter partout nicht alt werden will. Wozu ich heute aber von ganzem Herzen gratuliere. Behalte lieb

Deinen Fritz

Heinrich Heine

Ich bin's gewohnt, den Kopf recht hoch zu tragen,
Mein Sinn ist auch ein bißchen starr und zähe;
Wenn selbst der König mir ins Antlitz sähe,
Ich würde nicht die Augen niederschlagen.

Doch, liebe Mutter, offen will ichs sagen:
Wie mächtig auch mein stolzer Mut sich blähe,
In deiner selig süßen, trauten Nähe
Ergreift mich oft ein demutvolles Zagen.

Anselm Feuerbach

Schreibe mir recht bald, sage mir alles,
was Dir weht tut, was Dich schmerzt,
und bin ich imstande,
Dir in irgend dem kleinsten Dinge
Ruhe und Trost zu geben,
so bin ich überglücklich.

Heinrich Heine

Und Du alte, süße Katze, wie geht es Dir?
Wenn Du stirbst, ehe ich Dich wiedersehe,
schieße ich mich tot. Merke Dir das für den Fall,
daß Dir Anwandlungen kämen,
Deine Dammtorwohnung gegen ein
schlechteres Logis zu vertauschen!
Merk Dir das, und Du wirst keine solche Torheit begehen.

Gottfried August Bürger

Versteh ich gleich nichts von lateinischen Brocken,
So weiß ich den Hund doch vom Ofen zu locken,
Was ihr euch, Gelehrte, für Gold nicht erwerbt,
Das hab' ich von meiner Frau Mutter geerbt.

EDUARD MÖRIKE

Siehe, von allen Liedern nicht eins
gilt Dir, o Mutter!
Dich zu preisen, o glaub's,
bin ich zu arm und zu reich.
Ein noch ungesungenes Lied, ruhst
du mir im Busen,
keinem vernehmbar sonst,
mich nur zu trösten bestimmt,
wenn sich das Herz
unruhig der Welt abwendet
und einsam
seines himmlischen Teils
bleibenden Frieden
bedenkt.

Annette von Droste-Hülshoff

Denk an das Aug, das, überwacht,
noch eine Freude dir bereitet;
denk an die Hand, die manche Nacht
dein Schmerzenslager dir gebreitet.

Des Herzens denk, das einzig wund
und einzig selig deinetwegen;
und dann knie nieder auf den Grund
und fleh um deiner Mutter Segen.

Adalbert Stifter

Das Mutterherz ist der schönste
und unverlierbarste Platz des Sohnes,
selbst wenn er schon graue Haare trägt –
und jeder hat im ganzen Weltall
nur ein einzig solches Herz.

FRIEDRICH HÖLDERLIN

Manches hab' ich versucht und geträumt und habe die Brust mir
Wund gerungen indeß, aber ihr heilet sie mir.
O ihr Lieben! und lange, wie du, o Mutter! zu leben,
Will ich lernen, es ist ruhig das Alter und fromm.
Kommen will ich zu dir; dann segne den Enkel noch einmal,
Daß dir halte der Mann, was er als Knabe gelobt.

Arabisches Sprichwort

Gott konnte nicht überall sein,
und deshalb erschuf er die Mutter.

Jesus Sirach

Wer seine Mutter achtet,
gleicht einem Menschen,
der Schätze sammelt.

Sophokles

Der Mutter Liebe ist mächtig;
muß sie auch Böses erdulden,
haßt sie doch niemals den,
den sie gebar.

Johann Heinrich Pestalozzi

Die Mütter als Erzieherinnen:
Sie gleichen der Sonne Gottes,
die vom Morgen bis zum Abend ihre Bahn geht.
Dein Auge bemerkt keinen ihrer Schritte,
und dein Ohr hört ihren Lauf nicht.

KARL IMMERMANN

Wenn alle Welt den Armen verläßt
und wenn kein Herz ihm bliebe,
am ewigen Himmel stehst du fest,
Stern heiliger Mutterliebe.

O Mutterliebe, Sorg und Treu,
nie ausgeschöpfte Güte!
Und immer alt und immer neu,
daß dich die Allmacht hüte!

Jean Paul

Die ganze Welt erhebt die mütterliche Liebe
über die väterliche; und sie muß groß sein,
die mütterliche, da selbst ein liebender Vater
sich keine größere denken kann als die seiner Mutter.

Lao-Tse

Die lebende Kraft des Werdens ist unvergänglich;
Sie ist die unfaßbare Mutter.
Die unfaßbare Mutter ist Wurzel des All,
Stetig webend bedarf sie nicht des Antriebs.

Wilhelm Busch

O du, die mir die Liebste war,
du schläfst nun schon so manches Jahr.
So manches Jahr, da ich allein,
du gutes Herz, gedenk ich dein.
Gedenk ich dein, von Nacht umhüllt,
so tritt zu mir dein treues Bild.
Dein treues Bild, was ich auch tu,
es winkt mir ab, es winkt mir zu.
Und scheint mein Wort dir gar zu kühn,
nicht gut mein Tun,
du hast mir einst so oft verziehn,
verzeih auch nun.

Die Deutsche Bibliothek – CIP-Einheitsaufnahme

Danke, liebe Mutter /
mit Fotogr. von Toni Schneiders.
– Augsburg : Pattloch, 1999
ISBN 3-629-00792-9

Pattloch Verlag, Augsburg

Einbandbild: Ulrike Schneiders, Breitbrunn
Textauswahl: Leo Strohm, Hamburg
Produktion: Ulrich Ruf, Freiburg
Reproduktion: Koppenhöfer, Mundelfingen
Gedruckt auf chlorfrei gebleichtem Papier.
Druck und Bindung: Druckerei Uhl, Radolfzell
Printed in Germany

ISBN 3-629-00792-9